JOSIAS ENOC

para ti

por ti

de mí

Escritos, prosas y versos poéticos

DEDICATORIA

Mis dedicatorias para aquellos imposibles y posibles, a los amores que fueron y a los que imaginamos, a los que estuvieron y se fueron, a los que un día prometieron y no cumplieron, a las miradas que se cruzaron y a las que ignoré, a los heridos, a los rotos y a quien le llegue cada una de mis letras. Para los que siempre confiaron, sepan que lo real y verdadero se puede construir y fortalecer. Si estás, lucha y continúa, no te caigas y aférrate, no te sueltes y enseña que así es como tú quieres, compartes y das más que solo tu corazón, pues esperar y no desistir, es una virtud que pocos tenemos.

Por último, dedicó especialmente este libro para los que estarán ahí aún a la distancia y por más simple que sea el caso, siempre reirán a mi par. Para Mónica, Ricardo F., Alexa, Luis R., Luis C., Aura, Jasir, Joel A., Joel V., Karla, Mabel, Mesiledith, Ernesto, Juan D., Moisés M., Juanxi, Jonathan J. Ricardo L., Lexa S., Saday W., Zulay T., y para ti que estás leyendo esto.

PRÓLOGO

Siempre he creído que en cualquier camino o dirección de la vida se puede encontrar una salida, una manera para escapar. Unos encontramos la manera de convertir nuestros momentos más tristes o esos días de tormenta y mal tiempo en los días de verano más hermosos, incluso si aún no ha llegado el verano.

Este libro empezó a escribirse durante el caos, durante la pandemia, durante el miedo y la incertidumbre, donde muchos corazones se alejaron y otros fueron desechados. El tiempo y el clima fueron importantes, el frío, la tormenta y la lluvia eran estados de ánimo y escenarios llenos de emociones que reflejaban lo solitario que era el encierro. Fue también donde conocí corazones que abracé y me abrazaron de vuelta trayendo un poco de calma y que en algún momento pensé que se quedarían. Cuando finalmente huyeron, yo también tomé mi salida de emergencia a través de mis letras. Aquí sus nombres están dentro de exclamaciones, dentro de frases y poemas. Algunos poemas son para ti, algunos son por ti y un par son de mí, y aquí ya he mencionado a quienes están dirigidas mis letras. Para los corazones pasajeros, las ilusiones, las despedidas, para mis amigos, mi familia y para mi propio corazón.

He creado un mapa para llegar hasta mi rincón más seguro, que podrá guiar a cualquiera a donde también pude encontrar mi propia luz. Estoy muy seguro de que esa luz también se encuentra en la alegría de los amigos, de la familia y en la de aquellos que cuando recuerdan mi nombre, mi rostro o mi voz, suelen soltar una pequeña sonrisa y gesto al aire.

Querido lector, espero puedas encontrarte en cada verso que leas. Te presentaré a Josip, será mi ¨*alter ego*¨ que de seguro pronto irás descubriendo y conociendo durante este viaje en estas páginas y las que vendrán después de estas.

Nota:

¡Encuentra la lista de reproducción del escritor en *spotify.com*!

Usuario/cuenta: *enocjosias_*

Encontrarás una lista de canciones en inglés y en español que el autor considera sus favoritas para escuchar con cada poema o verso en el mismo orden en que están colocadas.

"Una copa arriba por sentir,
una copa abajo por llorar,
otra a la derecha hasta vaciar
siguiendo el trazo del vivir.

Un rosé sin mentiras,
una champaña y a pelear.
Quiebra la botella para lastimar,
no derrames el tinto sin admitir."

-Josip

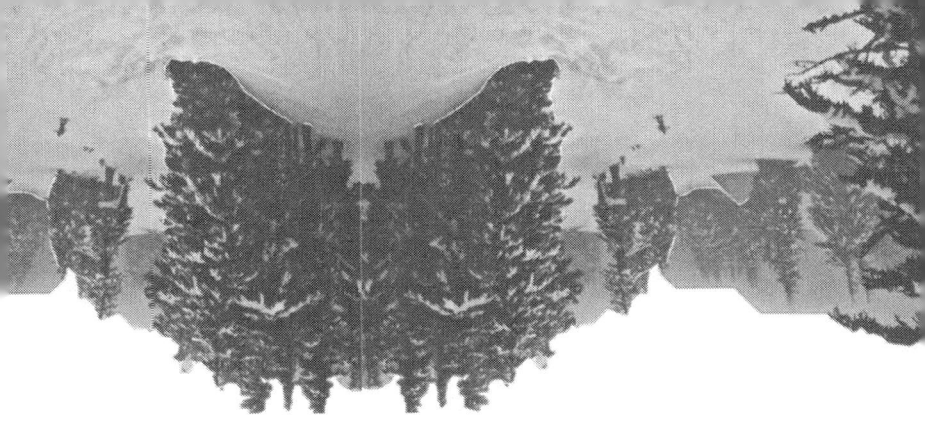

Eternos

Inviernos

Para ti

fue una salida y escape, yo me quedé pasando
los eternos inviernos

"Las últimas primaveras han sido efímeras desde que los instantes fingidos en el tiempo solo vinieron a traer más frío e inviernos perpetuos.
Y yo sin prepararme para las tempestades, pues corazones como el mío no saben distinguir las nubes oscuras, ni sus intenciones."

-Josip

para ti, por ti, de mi

El chico del jersey rojo

Ahí estaba sentado, con sus audífonos puestos, su jersey rojo y un espacio vacío a su derecha en la banca.

Estaba esperando, pero no esperaba a nadie, estaba en calma y con sus labios moviéndose por intentar seguir la letra de una canción.

Tenía la maña de interponer sus pies y encorvarse un poco, toda la postura de un chico tímido, pero si lo conocieran un poco más no pensarían así de él.

Hasta que *alguien* vino y se sentó a su lado, y él le sonrió con gesto simpático, claramente eran risas recíprocas.

Le prestó su auricular izquierdo mientras asentían a ritmo de balada, pero solo él sabía la letra, y cuando le compartió uno de sus poemas le arrugó la página y se la tiró al piso. Y *alguien* entonces se fue, sin importar más porque solo quería sentarse un rato, entretenerse solo por un momento.

Ahí estaba sentado aún, con sus audífonos que se extendían en un cable un poco enredado desde su teléfono a sus oídos mientras subía el volumen de su música.

Estaba de piernas cruzadas y cabeza abajo,

y había gotas recientes sobre su jersey rojo, pero no eran gotas de lluvia. Y tan pronto como pudo, se secó los ojos y sonrió.

Alguien más vino y también le sonrió y se sentó con él a su lado.

Le mostró sus manos y entrelazaron sus dedos, pero cuando se paró para bailar, le dejó caer su mano y *alguien más* también se fue, diciendo que no tenía tiempo de bailar, que quizás

en un futuro.

Ahí estaba con su libro de historias inventadas y con finales de ensueño, cuando intentaba centrarse en sus cosas, se le veía algo alertado mirando en cualquier dirección y con sus mangas rojas se secaba sus ojos y sus mejillas. Y cuando vino *nadie más*, casi no dejó que se sentara a su lado, y a *nadie más* le compartió su auricular derecho. Ya no daba sonrisas auténticas y su jersey ya no era rojo, estaba casi sin color.

Nadie más sí lo miraba diferente, *nadie más* también estaba esperando, y mientras esperaba le ayudó a recoger del piso la página arrugada con sus poemas, y también le levantó la mano para bailar; aunque desconfiaba,

nadie más no se fue.

Fue cuando su jersey rojo recuperaba su color, cuando de una vez y por todas, se levantaron de la banca, tomaron el metro cruzando la ciudad y caminaron hasta que la mañana los alcanzó.

Aunque siempre guardó sus pensamientos para sí, y muchos de sus secretos, pocos conocimos al chico del jersey rojo; al menos para mí fue un gusto haberlo conocido. Lo fue para sus amigos.

Rosas

Le regalé rosas,

las vio, pero no las quiso,

pensó que eran falsas.

Entonces le mandé rosas, pero no llegaban

a su puerta.

Rosas de las que yo sembraba,

las dejaba frente a su casa, por su jardín,

y aunque las vio y le gustaron,

pensó que no eran suyas y en la esquina se

quedaban.

Siempre le envié rosas de rojo puro y

sincero

y allí se marchitaban.

Seguí llevándole ramos y plantando frente
a su casa
esperando que alguna vez las aceptara.

Las rosas ya formaban parte de sus días,
aunque por oler sus perfumes no se
detenía,
ni por tocar sus delicados
pétalos en cercanía.
Para mí,
llevarle ramos aún si no los
recibe, ha sido siempre

un placer en las

mañanas,
tardes y noches de
salidas.

Tesoro

Eres mi ambición,

y el lujo que nunca me permitiré,

porque no sabría cómo pagar el precio

del valor de ser la razón de tus emociones,

y la canción de tu corazón.

Eres la joya más brillante que iluminaba

mis noches de encierro.

Las perlas de miel,

difíciles de encontrar,

así de dulce.

Ni con todas las joyas enterradas bajo el

mar sería suficiente.

Me queda solamente guardar tu

mirada y sonrisa en el cofre de mi

corazón,

para desatarlo y hundirlo que ya viene la

tormenta y los piratas por detrás.

El barco se hunde también.

Al final tú y yo,

o solo **yo**

me hundiré encadenado a este tesoro

que ciertamente fue más

que una brillante piedrecita

de oro.

La canción

En una de mis madrugadas veía el cielo,
se partía en fronteras,
y no escuchaba mi voz ni mis palabras,
eran las tuyas.
Eran tus notas de voz murmurando
canciones
y anhelaba que fuera yo a quién las
ofrecieras.

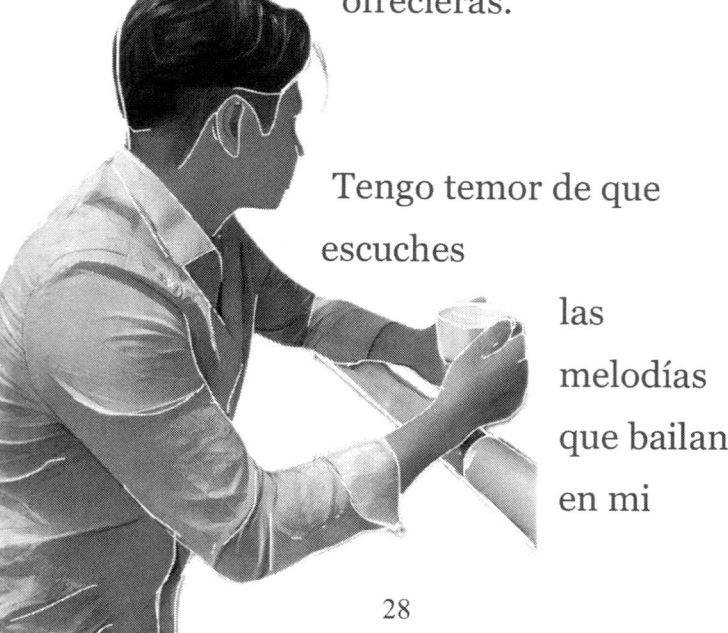

Tengo temor de que
escuches

las
melodías
que bailan
en mi

mente descarada,

porque tú sin saberlo,

eres para mí como aquella canción

desesperada.

Como aquel poeta chileno cantando con

lágrimas,

y yo ahogándome en las mías.

Cantando suena cada acorde en silencio,

mezclado de sollozantes suspiros;

en ese silencio me quedo,

donde me soltaste,

en ese silencio.

Ausente

Mientras escribo de ti
pierdo mi rumbo y me hundo en mis
recuerdos.

Recuerdos compartidos,
donde te veo y te acaricio, pero no estás,
ya no te veo,
ni a lo lejos logro oírte.
Es cuando debo despertar,
antes de que tu risa hermosa me
atormente,
aunque lo cierto es que ya no hay sonrisas,
ni quien las emita.

Me paro al espejo y nos vemos,
veo a dos,

pero al ver atrás ni estoy yo,

ni estas vos.

Y al decir tu nombre en el aire,

ni el aire

ni tu nombre

se sienten.

Bucle

Siento que vivo en un círculo a diario,
son escenas que vuelvo a vivir.

De aquí quiero salir,
de aquí quiero escapar.
Porque te recordé y me dejaste donde no sé
nadar,
y otra vez vuelvo a despertar donde por
primera vez te vi.

Saludando a mis espaldas,
mirándome fijamente.

Ahora solo se repite en mi cabeza tu salida
de repente,
y lo gris que fue verte caminar lejos,
y distante.

Agarra tu maleta y da la vuelta,
sin repetir las palabras de ayer.

Toma tu vuelo y no vuelvas,
ni retornes saludando a lo
lejos otra vez.

Argentina

En uno de tantos intentos
por superar tu fragancia pura,
busqué otra que solo me trajo amargura.

Aunque prometía risa y alegría,
supe que en el mundo ya no hay
esa mirada con ventura, con armonía
que vi cuando te invité a conocer el oeste
de Uruguay.

Fue cuando antes de bajar del autobús
decidimos
que podíamos iniciar la aventura,
y sin entender el porqué,
se convirtió en un vuelo cancelado,
sin reprogramación.

Y aunque deseé seguir con mi aventura,

sin ti, el viaje fue solo despecho.

Me fui solo, me fui sin poder compartirte
mi atardecer
cerca de Palermo.

Estoy seguro de que tus risas hubieran
opacado las flores
que estaban en el jardín adornando aquella
plaza.
Solo me pregunto qué
hubiera pasado si...

...si hubiéramos
estado allí.
Dos copas y una
carmenere

para ti, por ti, de mí

caminando hacia Madero.

Ocaso

Llegan de pronto y sin avisar,
esos sentimientos que no logro controlar,
imposibles de esconder.
Vienen a atormentarme.

Quedo indefenso en los brazos de tantos
ocasos
que intentan consolarme.

Y fueron tantas las mañanas que rayaron
sobre mí,
y yo las veía primero al
despedirse de las oscuridades.

Oscuras noches que se burlaban cerca de
mí.
Saben que aún no te supero,

que aún me desespero.

Es una lucha entre la noche murmurando
mi despecho
y la mañana
buscando resplandecer.

Marchito

Mi cielo se nubla cada vez más,
y aquel rayo de luz que creí ver,
no brillará más.
Pues se asfixió con las tinieblas que
dejaste,
y mi flor no creció,
no vio más la luz y se desvaneció.

Ves, ya no hay pétalos ni hojas verdes,
ya pudo verte desde todas tus verdades o
desde

todas

tus

mentiras.

Tú

No necesitas nada más,
eres todo siendo tú a donde quiera que vas.
Qué dicha ver,
lo que nadie más pudo tener,
y que tampoco puedes esconder.

Pues nada debes hacer,
para que con locura de ti se puedan
enloquecer.

Y no lo digo por solo convencer,
pronuncian tu nombre y otra vez
lo has vuelto a hacer.

No llores mucho, ni rías menos.
Cantan tu nombre y es como luz en los

serenos.

El poema más hermoso;

un libro que no se deja entender, es
valioso.

Asegura con llave este escrito,

por si alguna vez no oyes más mi grito.

Un día haré que no   seas

un

mito,

cuando tome mi

lápiz

 cada vez como un

rito.

Humos

Salí a la hora que no debía,

para tragarme los humos que expulsaba mi

corazón.

Los veía irse y ascender,

así como lo que contigo nuca pudo suceder.

Me quité las zapatillas,

sentí el suelo húmedo y frío,

que en una ráfaga de tiempo

me trajo un recuerdo sombrío.

La ciudad se veía sola y oscura en nuestro

último paseo por Casco.

Volvimos a sentarnos a la orilla del mar,

me hablabas como a un **desconocido**

que mientras buscaba mis fallas,

de pronto de mi lado ya te habías ido.

La Copa

Estoy aquí sentado otro día más,
llenado mi copa hasta arriba.

Vengo coreando con mi vida
las melodías que de mañana te cantaba,
y por ti, ahora son parte de mis días.

Ebrio de tantos momentos que nunca
tuvimos,
mi copa ya no se llena de vinos,
sino de lágrimas que no encuentran
sentido.

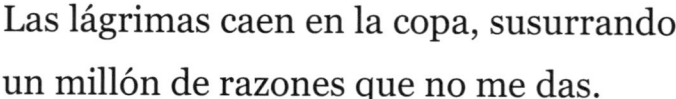

Las lágrimas caen en la copa, susurrando
un millón de razones que no me das.

Hacen eco y palpitan al ritmo de mis
latidos,
latidos alicorados que gritan desesperados
hasta quebrar cada cristal de esta copa.

Es tu culpa

Sé que no quieres volver,

ni pasar a verme.

Pero desilusionado por esto no estoy,

ya lo estuve,

pero **de mí.**

Por querer tenerte y que pudieras

también quererme.

Ahora lo sabes tú,

que lo mío no fue ilusión,

siempre fue **desilusión.**

Te hago culpable de la oscuridad que hay

en mí,

porque no te esperaba, no te buscaba, pero

me tomaste de la mano cuando colgué el
teléfono,
no dudé en verte y responderte con una
risa.

Ahí comenzó mi error,
al imaginar de más y creer que algo podría
pasar.

Fui el pequeño al que una vez engañaron
cuando le prometieron un helado si
terminaba sus brócolis.
Soy el chico de corazón blando e ilusiones,
que fue traicionado por su propio corazón e
ilusiones.

Y sí, fue tu culpa,
los chicos como yo no deberíamos llorar
por corazones fríos como el tuyo.

Harto

Harto de mí otra vez,

odiándome por aún querer.

Harto de querer que cantes conmigo

una canción de amor y me la dediques.

Harto de querer que tomes mi mano y no

para saludar, de querer que me mires y no

sea por haberte llamado.

Harto de verme recordando una alegría,

y querer que podamos prometernos más

que la vida, las lágrimas y un pastel.

Harto de buscar tu nombre y ver tus

estados e historias.

Y por fin, estoy harto de querer que seas

por siempre.

Tres veces y otra vez

Me gustaste a la **primera**,

y no porque te vi,

sino porque me viste primero,

tomaste mi mano primero,

y sacaste una sonrisa antes que un beso.

Me gustaste a la **segunda**,

porque te dije que pensé en ti,

y me cuestionaste,

y dos veces más no supe que decir.

Me alejaste una vez, y con picardía me

acercaste **dos**.

Me gustaste a la **tercera**,

porque todo fue un casi y un nada.

Te volví a conocer tantas veces,
que ya no tengo la cuenta de tus detalles,
los que recuerdo muy bien de esas noches
de las que nunca quisiste hablar.

Me gustaste muchas veces más,
pero no quiero volver a probar este veneno
que no me mata,
sino que está conmigo una vez más y otra
vez, pues eras tú quien llamabas primero.
Ven,
entra, dile a los demás que ya tienes sueño
para que te siga; y
otra vez
pasó.

¨La nostalgia suele desbordarse, el vino convertirse en vinagre y las palabras que hacen reír solo son espejismos llenos de óxido nitroso que no hacen más que elevar todos los sentidos, llevándolos y sosteniéndolos por las nubes hasta que en el momento menos esperado llueven dejándose caer hasta el lugar donde poco a poco todo se olvida. ¨

-Josip

"crush"

Jamás te hubiese visto como tú lo haces
ahora.

Que nunca

sentí tu presencia

y no te atreviste a hablarme decías.

Ni si quiera llegué a pensarte y tú ya lo

hacías.

Ni las miradas de reojo presentía.

Mientras tanto tú,

en *azul*,

marino

y *blanco*

ya me conocías.

Ahora me invade algo,

que quiere saber de ti,

todos los días.

Géminis

No se conocían lo suficiente,
hoy fue un día especial para Géminis,
fue especial para ambos.

Solo reían, no tenían más opciones.
Las palabras se atascaban bajo la lengua,
corrían a salir todas a la vez y no se
coordinaban.
En su cabeza pasaban todas las maravillas
que sus pensamientos susurraban sobre
Géminis.

Le vio a sus ojos y fue como quedar pegado
en su miel o como caer en un pozo muy
profundo con la sensación más hermosa
del mundo.

No querían irse, pero llovía y no debían
estar afuera.

Por dentro había una tormenta
que destilaba torrenciales gotas de alegría.
Para Géminis fue el virus al que no le
buscaría remedio ni medicina,
al que invitaría a quedarse a pasar su
cuarentena.

Aún en la distancia,
acompañó a Géminis al apagar las velas.
Mientras duraba la video llamada,
sirvieron un poco de café,
una dona para cada uno y una de esas con
su nombre escrito en azúcar.

Géminis era miel, era un código para
descifrar y también fue difícil de olvidar.

Por días solo quedaron

recordándose

sus

besos de azúcar.

Besos que se dan entre mayo y junio.

Soy Yo

Soy yo,

el que mira al cielo buscando ser
perdonado,
el que busca sentir que hace las cosas bien.

Soy yo, quien ama, quiere y extraña
sin estar convencido de ser el protagonista
en la historia de alguien más.

Soy yo, tratando de mostrar todo y
esconder mucho
interpretando una sonrisa para todos, pero
no para mí.

También **soy yo**, que por más oscuro que
esté el camino,
sigo la luz y traigo un poquito de ella

conmigo,

para quien siga de tras de mí.

Que voy pintando con color lo que estuvo
en sepia,

y que odia irse sin dejar una sonrisa al
despedirse.

Quizá

Quizá mañana pueda verte,
o al menos algún día nuevamente.

Mi verdad es que no quiero olvidarte.
Sabes que te escribo y mientas lo hago,
memorizo tu mirada observándome y yo
estudiando la tuya.
Y aunque pudiste apartarme,
no lo hiciste, y me quedé lejos y cerca
también.
A la distancia te he admirado,
de cerca sólo saludo y cuido mis palabras.
Las palabras que se encargarán de guiarme
a ti si algún día llego a olvidarte.

Quizá un día volvamos a reír juntos,

en mis sueños compartir nuestros labios,

y al despertar ver el mismo cielo y el sol

que ilumina las plantas de tu jardín.

para ti, por ti, de mí

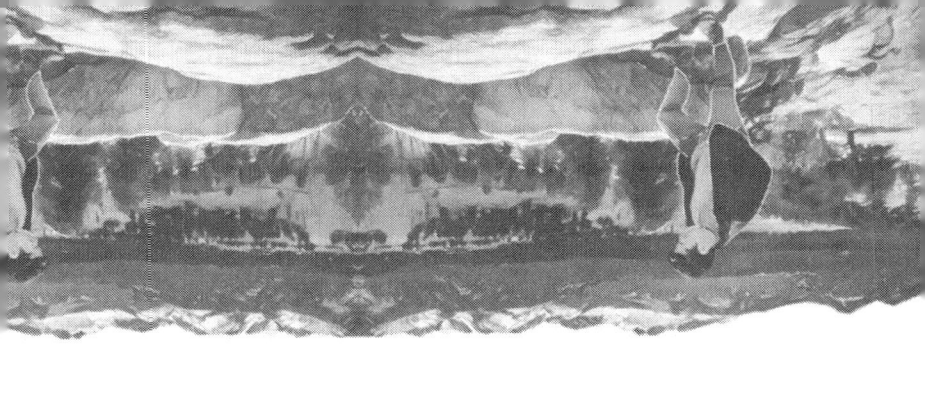

Tempestades

Por ti

fue que llegó la tormenta, donde las
tempestades no terminaban.

para ti, por ti, de mí

"Hay quienes se fueron de un lugar sin dejar rastro, hay quienes nunca fueron bienvenidos a donde llegaron, y quienes fueron despedidos sin aviso ni liquidación y quizá esté yo ahí.
Luego estás tú que solo pasaste por aquí y quedó tu nombre sobre piedra y tu voz susurrando en el viento"

- Josip

Por la tarde

Hoy fue una de esas tardes de meditar y
pensar,
la distancia se sintió tan real y el miedo tan
familiar.

Reconocía esto, una sensación que
 he vivido antes.

Aquello que dejó marchitar la última rosa
que con tanto de mí floreció,
ahora se quería repetir.

Aun así, me quedé callado y sin decir nada,
porque tenía miedo.

Mientras,
sólo me quedé en la esquina con el teléfono

en la mano.

Veía entrar un humo oscuro y frío
saludándome como si fuésemos conocidos,
y así era.

Solo leía los textos que me enviaba y no
supe defenderme,
 no quise,
no podía.

Llegaba ese momento otra vez y se iba
robando los pocos rayos de sol que caían
cerca de mi ventana.

Su cinismo oscureció mi habitación
dejándome indefenso cuando mis trocitos
de cristal empezaron a caer en pedacitos
sobre el piso.

Eran lágrimas corriendo en la pantalla del
teléfono mientras veía nuestro retrato en
fotos y en los primeros mensajes que me
envió por las tardes de coquetería.

Eso pasó aquella tarde,
cuando necesité abrigarme,
cuando fue difícil entender
que todo termina.

Penumbra

La calma fingía estar volviendo,

la tempestad se empezó a disipar.

Nubes grises se vuelven sin avisar.

Me desbordaba con mis ojos lloviendo.

Llora el río y nos está viendo.

Corrientes llevan el silencio al mar,

mi voz adolorida de tanto lamentar.

Desdicha de los que viven amando.

Opacar corazones, un juego más.

Desorganizar una vida,

solo por *"hobby"*.

Que sepan que sí sabes ilusionar.

Lloro con copas,

encierro falaz.

Con mascarillas al corazón le encubres tu

as

arrancando risas que supiste dar.

A mi puerta no toques jamás.

¨*Una vez una amiga me dijo: que se puede continuar y se puede seguir viviendo aún después del dolor, que siempre amanecerá al día siguiente, y puede que el dolor esté, pero cada vez será menor, que un día simplemente no dolerá más; lo triste también termina.* ¨

- Josip

Terciopelo

Te dedico el
mar que hice
con todas las
lágrimas que
cantaron tu
nombre.

Te dedico los poemas que encerré en
cuarentena,
y que aquí esperan por ti.
Te dedico mis negaciones y un porvenir de

seda sin brillo,

que me narrabas entre colores o eso me

dijiste aquella vez.

Te dedico mis nostalgias y mis canciones

favoritas,

para que las cantes y por si te escucho,

sienta la miel de tus ojos mirándome así

nuevamente.

Pero te quito la alegría que me robaste

cuando me colgaste,

y cierro los ojos rojos que no merecían

verte ni en fotos nuevamente.

Mi sentimiento tan delicado y fuerte como

terciopelo,

tan valioso y hermoso para un costurero,

y tan simple y común

para quién ignora
lo bello.

Así fui solamente,
tan simple y común tras poder volver a
verte.

Con un mensaje y diez líneas en Instagram,
 el telón que protegía mi corazón se rasgó;
algo precioso en las manos equivocadas.

Dime

Dime si aún me tienes contigo.
Dime que sonríes cuando me ves en tus
pensamientos.
Que recuerdas cada mensaje en texto
guardado en tu celular.
Dime que conservas esas fotos,
así como tú vives en mi galería.

Dime que no me soltarás tan fácil,
te digo que yo **no lo he hecho**.
Dime que no fue en vano esperar,
y con desespero desear tu voz al oído.

Dime todo cantándome y rozando la
comisura de mis labios, los tuyos.

Júrame un **último beso**,

una última mirada

y un abrazo para evitar mi deceso.

Josías Enoc

"Dejo notas escritas,
no a puño ni a letra;
quizá para ti, a veces para mí.
Uso la poca tinta que cae de mis ojos.
Mis notas no son solamente letras,
son dibujos de sonidos,
melodías de imágenes;
son mis memorias y yo anestesiándome
felicidad."

- Josip

Ella

El primero explosivo y el último
apresurado antes de irte,
siguen guardados aquí, bajo la tierra, para
que el viento no se los lleve.

Esos fueron tus carentes besos,

que ahora le pertenecen a *ella*.
Una rosa que creció sobre la tierra,
en el justo momento indicado,
como la que conoció el niño de rizos
dorados.

Puedes oler su fragancia,
y extrañarla.
Ver sus colores,
y desearlos.
Sentir sus pétalos tan suaves,

suaves como cada beso sepultado debajo de *ella*.

De vez en cuando susurra tu sobrenombre entre la brisa de madrugada.

Es cuando voy y me siento a su lado,

para platicar de ti,

y reír tanto como tú lo hacías conmigo.

Solo *ella* sabe cómo mejorar los días más

grises,

y comparte conmigo sus radiantes vibras

de color rojo y tinto.

Aún entre arbustos y mis días nublados,

brilla sobre las sombras.

Le prometí que regaría sus raíces a diario,

pero le basta con verme sonreír.

ella lo sabe,

y te extraña también.

Por eso guarda tus ósculos y muchos otros

como sus tesoros junto a sus raíces

pequeñas y leñosas.

Ella es mi cómplice,

mi mejor amiga,

mi fuerza

y los abrazos que

me salvan el alma.

La tarjeta

Hoy se escriben las palabras más
melancólicas,
aún no comienzo y mi tinta llora
sin conocer la historia.
Esta noche me ahorca el nudo que grita
sobre mi pecho,
leyendo una última vez la tarjeta que me
regalaste
escrita a tu puño y letra.

Me desgarran las ganas de darte las buenas
noches
y desearte los buenos días antes de que
despiertes.
El insomnio me vino a visitar las últimas
noches,
trajo con sigo mis vergüenzas;

me volvieron a encadenar.
Es cuando siento que arden mis ojos
y suplican mis lágrimas que solo fuera un
sueño.

Aquí es donde me quedo sin voz,
impotente,
cerrando los ojos para no verte quemando
mis alas
y mi caída en el vacío que dejaste.

Mis risas junto con las miradas que te
veían se desvanecieron.
Queriendo recoger esas alegrías del suelo
me corté las manos,
sangraron mis memorias, las que me
hablaban de ti en secreto.

Si lees mis confesiones,

no busques que las cosas coordinen.

Busca tu nombre en mis palabras,

y mis sentimientos a kilómetros de

distancia. Que la distancia no tuvo la culpa,

ni el encierro que vivíamos.

Firmas con tu nombre y envías tus avisos

desde **septiembre**.

La casa encantada

Ya ha pasado el tiempo, va sin detenerse.
Mis saudades aún siguen vivas, como si
algo hiciera falta,
alguien quizá.

Es así como ella cantaba, sobre su casa
encantada,
su corazón.
Pero yo encadené mi corazón a tu casa,
el mismo con cual te escribo prosas,
deseando que recuerdes haber sido algo
muy lindo para mí.

Probablemente ya no recuerdes nuestras
conversaciones,
ni mi risa provocada por ti.

Algo más que habla con sinceridad en cada
renglón,
es la forma en que pudiste pasar e irte,
dejando una parte de ti grabada sobre
piedra.
Ha sido difícil no pensarte,
si en cada habitación de esta tenebrosa
morada está tu rostro,
tus fotos en cuadros por todas las paredes
rasgadas.

Por más intentos de abrir la puerta,
te llevaste la llave contigo.
Aquí es ser un fantasma más, rodeado de
suplicios impropios
y espacios vacíos.
Pero no hay nada que retractar,
ni decir que se borraron las risas que
lograste sacar; ya las colgué para que

adornen la entrada.

Lo cierto es que todo el piso está cubierto
de lágrimas,
patéticas y sensibles lágrimas, que no
verán tus manos sobre mi cabeza y ella
sobre tu regazo mientras leo algún libro de
los que una vez te conté, y oírte cantar con
mi gorra puesta al revés. Quizá ya sea el
momento de salir por la puerta trasera, y
dejarte todos mis escritos junto a tus besos
bajo la rosa plantada en el jardín,
diciendo que siempre extrañaré hasta
aquella apresurada despedida.

Con una copa brindaré y dejaré el vino
servido en la cocina, hasta que se convierta
en vinagre y las arañas aniden el cáliz,
con una disculpa por sentir de más,

un abrazo que te devuelvo diciendo que
estés bien, y por tus espectros que
permanecerán habitando como eternos
huéspedes en

mi corazón.

Menciones

✧ Treguas en pausa.

✧ Lo que sienten los niños cuando lloran.

✧ Lo que hiela una ausencia.

✧ Un abrigo arrebatado.

✧ Una fogata apagada en plena nevada.

✧ Descansa, antes de las tres de la mañana.

✧ Llamadas cantadas y baladas.

✧ Un abrazo en tanto tiempo.

✧ Dos veces un perfume.

✧ Dos *selfis* y una con gorra.

✧ Otro abrazo sin aliento.

✧ Un rostro apático sin corresponder.

✧ Un rollo de canela, una dona glaseada.

✧ Locura sin comprender, sentir sin entender.

✧ Despertar de un sueño, ver la realidad.

- ✧ Un segundo nombre gracioso.
- ✧ Un abril hermoso.
- ✧ No estoy preparado para esto.
- ✧ Seis minutos más o seis meses más.
- ✧ Granadas en texto.
- ✧ No es nuestro momento.
- ✧ Dos tardes sin fin.
- ✧ Un acrónimo de cuatro letras con mi inicial.
- ✧ Una película de suspenso.
- ✧ Tweets con firmas.
- ✧ Casi algo.
- ✧ No eres tú, creo que soy yo.
- ✧ Once, veintidós y una tarde con veintitrés.
- ✧ Pero como amigos.
- ✧ Y, por último, un vuelo de medianoche desviado por mal tiempo en vísperas de un veintidós de septiembre.

Mis estrellas

Me viste una vez,
a lo lejos y tan cerca tal vez.

Mirabas de cerca,
saludabas y yo sin hablar.
Mientras vivía mi abril apareciste,
 y me diste las alas que hoy el viento

arrancó.

Mil estrellas en el cielo
me observaban a diario cuando reía en
aquellos meses.

Mejor te hubieses marchado antes,
sin dejar tus discos y canciones en mi
armario.

Miraré hoy y siempre, arriba, donde sé que podré verte,
en el brillo de la noche, al lado de la luna,
antes de las once con once.

Desde ahora mis estrellas nos verán

compartir la distancia y otros

corazones.

Los secretos que no te conté, te los van a susurrar.

Cuando eleves tu mirada,

allí

las verás

titilar.

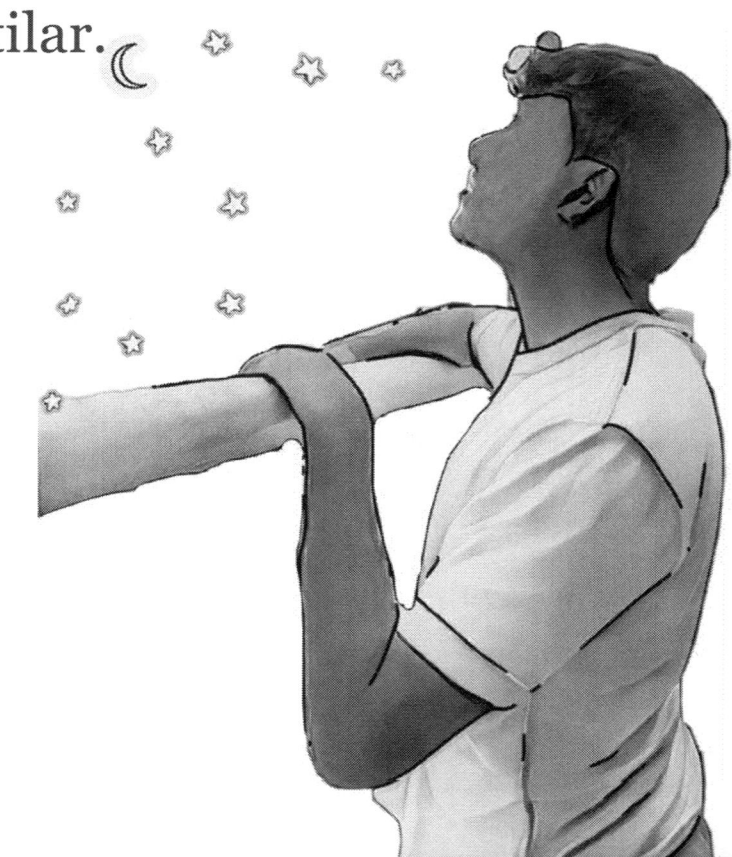

¡Déjame!

Déjame saber por qué me llevaste a
caminar contigo a donde
llegamos a perdernos tomados de la mano
e hiciste que sintiera
lo que sienten los niños cuando ríen, y
ahora,

lo que sienten cuando lloran.

Déjame entender por qué me arrebataste el
abrigo que me diste ayer,
que me cubrió cuando tenía frío, porque ya
empiezo a sentir
como hiela aquí tu ausencia.

Te marchaste y me diste un abrazo escrito
que arrancó contigo el poco calor que pude
contener para soportar la próxima

tormenta,

y esa tormenta fue tu despedida repentina.

Déjame y retira tus palabras de mi cabeza,
las que fueron como dulces y suaves
pétalos que me cantabas a medianoche,
y fotos respondidas antes de las tres de la
mañana.
Llévate también las llamadas cantadas con
baladas suaves,
porque si las recuerdo lloraré
desconsoladamente.

Déjame saber cómo es posible

extrañarte y que duela,

si apenas me permitiste sentir el calor de
tus brazos en tan poco tiempo.

Después de esperarte solo respiré tu
perfume dos veces.
Solo te pido con mis ojos aguantando
lágrimas,
que, si me ves pasar en tus recuerdos,
toma mi mano de nuevo, déjame un beso
en la frente,

ponte mi gorra y no olvides

tomarnos una *selfi*.

Y abrázame tan fuerte para que también te
lleves mi aliento.

Si no piensas volver, déjame verte desde
lejos, y preguntarle al aire sobre ti.

Que te diga el viento que nadie ha besado
mi corazón como tú lograste hacerlo,
ni mirado mi rostro deseando
corresponder.

¨*Sigamos sintiendo,*

reviviendo lo real,

creando nuevas realidades,

reparando otros corazones,

dejando buenos momentos,

compartiendo luz y felicidad. ¨

-Josip

para ti, por ti, de mí

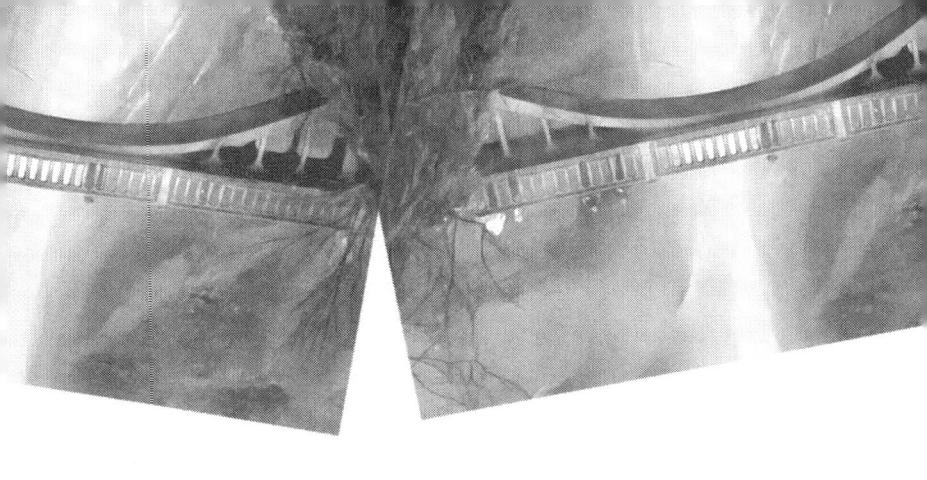

Y algo más

para ti, por ti, de mí

De mi

parte, logré mi huida pero te dejo saber esto
y algo más

para ti, por ti, de mí

"Siempre serás tú, aún si el tiempo me lleva muy lejos o los vientos quieran silenciar tus melodías"

-Josip

La niña de los vestidos de colores

Érase una vez, esta vez y muchas que serán,

la princesa de un reino que pocos conocerán.

Siempre la verán vestir las más bellas telas

y confecciones.

Cuando sale, se viste con perlas y alegrías que se hacen notar en sus sonrisas cada día.

Cuando es la época de lluvias y vientos, se viste de amarillo

para saludar a los amigos que suelen pasar por su castillo.

Los domingos, en las tardes de té, la ven lucir su traje pastel y rosa, y sus invitados dicen que aman convidar con su aura preciosa.

En los días de intenso calor y verano, sale de paseo en su vestido blanco. Por los jardines va tomando flores, soltando pétalos y dando saltos.

No siempre canta melodías,

pero a lo lejos celebran su

victoria

en armonía.

Para las noches de monstruos y fantasmas, sus estrellas la visten de dorado.

La verán brillar bajo la oscuridad y las neblinas del bosque encantado.

A veces, se viste también de morado

para salir al parque llevando su escudo escarchado.

Y para las batallas y épocas de guerra, se viste con pétalos rojos y

zapatos plateados.

Sale a la par de sus amigos a rescatar a los dolidos,

levanta su espada celebrando cada nueve de julio cuando le van aclamando:

¡Es ella!

La niña de los vestidos de colores
sigue brillando.

Hay una gran diferencia entre:
— ¡Estoy hablando con alguien! Me gusta
mucho, me gusta su voz, sus ojos, cuando
salimos a pasear y nuestras charlas sobre
canciones a medianoche; ando distraído.

Y lo otro sería:
— Ah, nada. Estoy hablando con alguien.
Me envía fotos efímeras en las noches
antes de tomar un baño.

Claramente solo uno de los dos puntos de
vista habla al corazón.

-Josip

En la playa

Si la playa de Copacabana hablara, te contaría mis historias, las que meditaba sobre la arena,
y te diría de aquellos encuentros conmigo mismo,
donde disimulaba las gotas que caían de mis ojos.

Las olas y la brisa fresca también saben de muchos otros momentos que reviví mientras escuchaba mis canciones favoritas.

Lo cierto es que cada

vez al viajar de vuelta a casa, iba a caminar sobre la arena. Sólo para sentarme y ver la puesta del sol luego de una caipiriña soltando el sentimiento de nostalgia que llega cuando debes dejar un lugar o despedirte de quien se queda con una parte de ti y tú con su parte.

Pero ya debo volver a casa y tomar el vuelo de medianoche con el anhelo de volver, de volver juntos,
de volver a ti.

Mi guerra

Me inspiraste tanto estás últimas semanas
y meses
que hoy vengo como soldado a la guerra,
pero odiándola.

Voy corriendo a fusilarte con los versos que
lloran por ti,
porque ya bombardeaste mi corazón antes
con solo hablarme cada noche de cuarenta.

Siento pena por mi enemigo que seguro
seré yo mismo obligándome a olvidarte,
pero realmente queriendo no borrarte.

Sube la bandera blanca si ya terminó todo,
aquí estoy esperando tu último disparo.

El último disparo que mate todo lo que dejaste,

que haga trizas y borre cada mensaje que hablamos y cada foto que nos compartimos,

o la tregua que vuelva directo a abrazarme como una vez pudiste.

Que vuelva la paz que solía estar aquí y firmes este acuerdo por lo menos con un adiós y un abrazo prolongándonos.

Quedará conmigo y en este verso tu nombre y el mío colgando como chapas de soldados que resultaron ser heridos al final del combate.

¨Siempre amanecerá al día siguiente, la lluvia escampará, el invierno terminará. Puedo afirmar que después del amor sí hay vida. ¨

- *Josip*

¿Y entonces?

¿Y sabes que duele más?

Tú dueles, que cortas y te vas.

¿Y no fue tenernos lo más importante?

No, fue una pantalla en tus manos mi amistad insignificante.

¿Y si la vida te puso una prueba de lealtad?

La perdiste y perdiste más de lo que realmente fue.

¿Y qué sabrás tú del valor invaluable?

De cómo amar y perdonar es honorable.

¿Y qué más puedo decir?

No hay nada que decir, no hay más que ofrecer, solamente mi pequeña sonrisa a tus espaldas tal vez.

¿Y qué no olvidaría cuando llegue septiembre?

Pensar que tendría tu alegría para siempre.

Pero quedó tu corazón enceguecido,
copado en egoísmo,
injusto odio inmerecido.
Aquí me quedaré, yo no persigo;
sabiendo que mis momentos fueron
contigo.

Y entonces verás hacia atrás al sonar mis
letras,
cuando las estrellas te alumbren sus luces
siniestras.
Cuando sepas que siempre estuve,
que siempre escuché,
siempre abracé,
y te extrañaré.

Hogar

Está helando, es de madrugada, aún está oscuro y no tengo sueño. He pensado mucho, extraño mi hogar, pero aquí estoy encerrado. 🏠

Raya la mañana mientras recuerdo cosas, recuerdo a mi padre levantarse muy temprano e ir a la panadería por pan recién sacado del horno, pan tibio, suave, crujiente. Lo recuerdo poner una pequeña olla sin mango, casi negra de tanto usarla y ahí hacer su café. ☕

Salen escenas en mi mente, los sábados al desayunar los cuatro; ver a mi madre hacer su salsa roja con tomates perita, huevos hechos a fuego bajo y tortillas para acompañar. Dar gracias tomados de las manos era el inicio de cada momento especial.

Mis momentos favoritos con mi familia los deseo como si ya no pudiera volver a ellos; esos momentos eran planes de ir al río o tomar mi bicicleta, dar un paseo y sentir la brisa fresca de las tardes, también regresar a casa sudado con la única preocupación de que mi hermana menor no tocara mi colección de carritos de juguete que estaban en una caja bajo mi cama.

Ya salió el sol☀, deben estar despiertos, los llamaré.

Llamaré a casa

Regreso

Al final fue confortante,
esperamos después de mucho y la brisa se
calmó sobre mi rostro.
Un pedacito de paz llegó cuando decidimos
hablar.
Fue tan sereno como esperar la lluvia en el
patio o cerca del parque y no correr porque
te puedas mojar.

Nadie debe explicar muchas cosas, pero sí
mencionar las necesarias y correctas.
Y si yo tampoco fui correcto contigo alguna
vez,
lamento muchas cosas también.

La mejor parte me la guardo para mí,
la parte de recordar y memorizar solo las

cosas que me inyectaron satisfacción; las que me rodearon de ansiedad solo las tiraré lejos de aquí.

Las menciones,
mi gorra,
la tarjeta de cumpleaños,
y los karaokes en la tarde
son regresar a vivir cuando estuvimos
aislados.

Mis miradas cortantes ahora las retiro, y vuelvo con versos que animen nuestras auras.

Regreso nuevamente al principio, pero luego de tener las cosas más claras.
No fue como esperaba, pero
regresaste tú.

Los mejores momentos

En mis cuatro paredes subí al cielo,
bajé a la tierra, nadé en ríos y mares a
través de mi pantalla.
Cuando todo estuvo cerrado,
abrimos las alas del corazón dejando la piel
a la espera de una canción.

Nuestra nueva normalidad fueron besos
escritos y deseos por texto,
copas y coquetería para mejorar la
amistad.

Ven, no lo digas.
Aseguramos la puerta con llave.
Las mascarillas no evitaron rozar nuestros
labios.

Sobre las estrellas dejamos las nostalgias y de lado olvidamos el pudor.

Ni los inviernos fueron eternos,

ni nosotros, ni nuestros momentos tiernos.

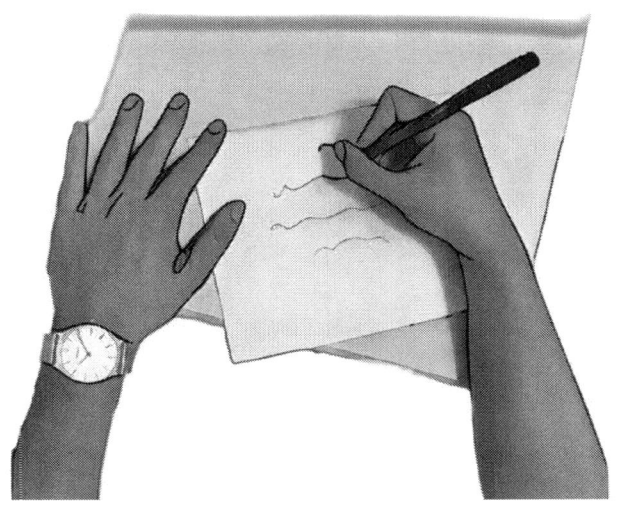

Ni el peluche abrazaba tanto como yo hubiera podido abrazarte.

Si buscabas la letra podía seguir cantando, pero fue mejor apagar y desconectarnos aún con la música andando.

Los ojos sin parpadear y las miradas, siempre eran un juego de ganas sin alardear.
Las ganas de besar y solo imaginar eran el triunfo de los deseos distantes.

Los corazones distantes y sin acariciar quedaron deshidratados a los diez mil pies de altura deseosos de unos labios húmedos.

Con certeza, al despegar ya sabíamos que en alguna parte aterrizaría el vuelo.
Al final tu fuiste un vuelo y yo un pasajero o simplemente tu maleta de mano para llevar los mejores momentos.

Una carta a medianoche

Desde la última vez que me dijiste que no querías que volviera a hablarte, lo sigo haciendo, aunque realmente solo escucho mis pensamientos imaginando que me escuchas, imaginando que también piensas en mí. Lo cierto es que te echo de menos, y aunque no lo veas, se me hace un nudo en la garganta cuando te veo de lejos al pasar, y a la vez también me alegro de verte o escucharte cerca.

Aún sin entender tus verdaderos motivos de alejarte así, pero sin querer ahogarme en lo que hablan mis propias ideas porque ya me ahogué en mis lágrimas hace unos días cuando caí en un mar de vino y me hundí en alguna canción que sé que te gusta. Así como solíamos hacer juntos o cuando salíamos después de las 9:00 P. M. con copas para compartir.

Por algún momento o muchos se sintió bien, que compartíamos muchas cosas y a la vez no, y eso, en cualquier universo es y será bonito.

Conservo muchas memorias que me hacen reír. Recuerdo cuando caminábamos por la calle en alguna parte, yendo de una fiesta a otra, reíamos sin importar nada, o que simplemente te esperaba o tú a mí para vernos al almorzar.

Quiero que sepas que guardo escrito y en mi cabeza la primera vez que hablamos, salimos, cantamos y no entendía lo que estaba pasado. Los mismos ojos no dejaron de verte desde entonces, los que rechazaste una vez y aquí se quedaron observando.

También te diría que vengas y me cuentes la verdad, tú verdad, qué me digas el porqué, y si no puedes contarlo, puedes escribirlo porque sé lo bien que te va haciéndolo.

Quiero que vengas solo por un momento y seré feliz, te guardaré un espacio y una almohada a mi lado, podemos hablar o solo escuchar tu lista de canciones guardadas en tu celular, y pondré el aire en veintiuno, ni en veinte ni en veintidós; hasta que llegue septiembre, ni agosto, ni octubre.

En estas líneas llevo días, días que suenan a mis tristes melodías, pero es de noche que te susurro mis poemas, los que hablan de cuánto valía nuestro cariño y amistad, justo a medianoche, donde sé que nos encontraremos. También te diré que no lo sé, solo sé que te extraño y que esto ya lo has escuchado antes. Solo mira arriba, a las estrellas, que cantaré contigo y ellas conmigo.

Josías Enoc

¨*A veces es difícil decir las cosas que sentimos, las charlas incómodas o nos pueden salvar o nos pueden hundir. Pero hay más riesgo de hundirse si no hablamos, nuestros propios pensamientos pueden volverse cada vez más y más pesados. Así nos saboteamos a nosotros mismos*¨.

- Josip

Abrí la puerta

Sí, te escuché tocar el timbre.
Sabía que eras tú, noté tu silueta apagada y
lenta acercarse por la vereda y pasar por mi
ventana con tu mirada hacia abajo.

Te esperaba ansioso. Fue cuando decidí
abrirte y ahí estabas. Simplemente te
acompañaba una armonía agradable y una
sonrisa cálida a pesar del frío.

Tus manos a punto de congelar, las recibí
mientras te ofrecía mi cortesía a pasar por
un poco de café y ganas de contarte mucho
acerca de estos últimos días, meses o años
de distancia.

Pasaste y no olvidaste cerrar la puerta para
dejar afuera los sentimientos helados y
pasados.
Olvidé por completo el invierno y huyó la
nostalgia, solamente porque estabas ahí,
estabas en casa.

A pesar de aquella distancia,

abrazarnos nos prolongó, detuvo el tiempo,
nos perfumó de alegrías y recuerdos que
revivimos con risas honestas.
Pero se nos fueron las vísperas, se nos fue
diciembre.

Ojalá toques otra vez a mi puerta,
sí abriré, aún si me traes solo una carta de
la niña de los vestidos de colores, pasa y
acompáñame a cantar sus canciones, pues
recuerdo muy bien cuando solíamos
hacerlo.

La niña de los vestidos de colores me escribió.

Siempre llegan las cartas, poemas o versos en los momentos más tristes o en los momentos más felices. Esta vez, ella me escribió en los felices, porque en los demás también está presente.

Todos deberían tener una amiga como la niña de los vestidos de colores.

¿Y algo más?

Hoy y cada noche búscate en la playa
tomando un café,
más tarde búscate en las rosas que una vez
dejé en tu puerta,
encuéntrate en donde nadie más te ha
podido ver ni aprender, en los ojos que ven
distinto y en los corazones que quieren
bonito,
en los pies que se entre
cruzan cuando te
sientes apenado
o nervioso,
hállate en los
paladares
que beben

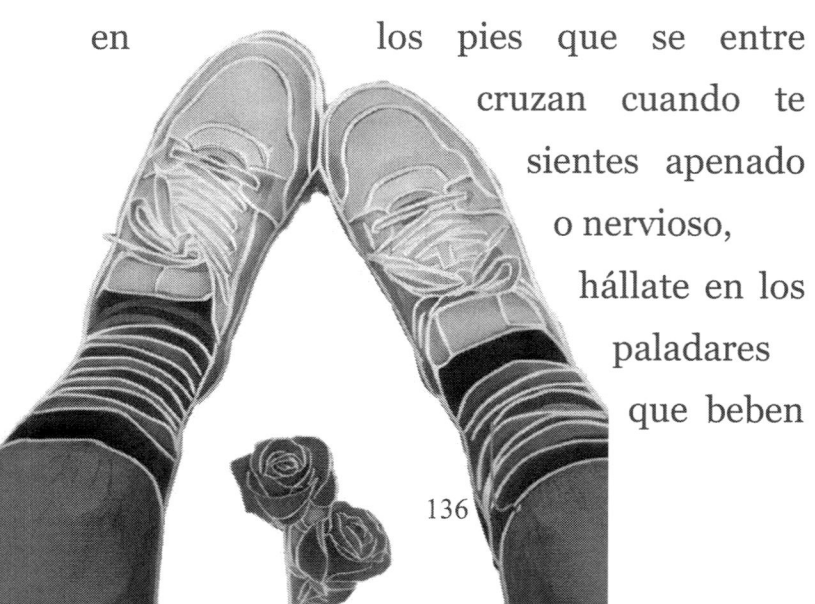

vino que sea tan bermejo que sientas y
disciernas de las almas turbias y las reales,
las que sí puedan quedarse y
las que sean leales.

GRACIAS

Si viniste a leer lo que pienso,
déjame decirte que aquí estoy aún
hablándote y predicándote con
mi corazón y mis sentimientos.

Gracias también por leerme, leer un trocito
de mi corazón.

Gracias por escribir conmigo una historia
hasta donde pudiste sostener el lápiz y
hasta donde me tomaste la mano para
colocar el punto final y continuar
escribiendo en otro papel.

Gracias por llegar hasta aquí donde se ve
todo tan real y ficticio, pero como dije
antes, lo real lo construyes tú mismo.

Un gran agradecimiento a mi familia y

amigos por siempre estar cerca y siempre ofrecerme su apoyo incondicional y gracias a Dios por todas sus bendiciones y oportunidades permitidas.

Gracias por sentir conmigo, nos leemos pronto, muy pronto.

ÍNDICE

"Véngate con sanar, amar y curar a los demás; corre
tan lejos, que los
kilómetros se pierdan en la distancia, y se
alejen los malos recuerdos; que las
rosas se queden para animarte, que la
medianoche y la oscuridad huyan al saber de ti, y
alumbres el camino con las estrellas del cielo."

-Josías

Aún no nos despedimos. Antes, llévate las mejores vibras de esta página. Escribe aquí o piensa solamente.

Debajo de los audífonos puedes dejar tu canción favorita, debajo de las estrellas deja los deseos que pides a las once con once, toma la copa y recoge las gotas de alegría y guárdalas para ti, bajo la almohada pon tus sueños deseando que se vuelvan realidad, en la maleta llévate tus risas y sentimientos a acompañarte a todas partes y con la rosa, da los besos y abrazos más lindos del mundo, los que sé que sabes dar.

- Ha sido un gusto. -

143

Todas las personas involucradas en esta obra durante el proceso de ilustración dieron total, voluntario e irrevocable consentimiento para el uso de su silueta sin rostro para generar los dibujos e imágenes ilustrativas de este libro, al momento de estar de acuerdo con la toma de las fotografías, conociendo el propósito de las fotografías tomadas y cuando se tomaron las mismas, sin embargo, no se representan a ellas mismas ni a personas cercanas y/o similares. La ilustración es únicamente con los mismos fines, es decir, con el propósito de crear en imágenes una relación al texto escrito y no para representar a algo o alguien real.